Le Code de la propriété intellectuelle interdit les copies ou reproductions destinées à une utilisation collective.
Toute représentation ou représentation intégrale ou partielle faite par quelque procédé que ce soit, sans le consentement de l'Auteure ou de ses ayants droits est illicite et constitue une contrefaçon sanctionnée par les articles L335-2 et suivants du Code de la propriété intellectuelle.

© 2018, Dominique Godart

Editeur : Books on Demand GmbH, 12/14 rond-point des Champs Elysées, 75008 Paris, France
Impression : Books on Demand GmbH, Norderstedt, Allemagne
ISBN : 9782322103737

Dépôt légal : Février 2018

Pour me rendre heureux, un sourire peut suffire.

Jean De la Fontaine

DOMINIQUE GODART

DES JOYEUSES NOUVELLES !

MON PRENOM

Depuis ma plus tendre enfance, on m'appelle Juillet Août,
Parfois même par d'autres noms des mois de l'année.
Toute ma vie fut bercée par ces pseudonymes, ces noms d'emprunt.
Ça ne me heurtait pas plus que cela, car j'en ignorais les raisons.
Sûrement parce que je suis né le 23 juillet !
Parfois le destin vous sauve la vie !
Même à l'école, mon nom de baptême est réduit aux mois de l'année. Les professeurs eux avaient la politesse de m'appeler par mon prénom qui est moderne bien qu'emprunté à la mythologie grecque. Je n'entends mon prénom tinter à mon oreille que par mes professeurs lors de mes études du premier et second degré.
Dès lors mon prénom tombe dans les oubliettes de la maison. Mon nom de famille et cela ne s'invente pas est MAISON. Ah je ne suis pas gâté de ce côté-là ! Heureusement que j'ai hérité de la beauté royale de mon grand-père, je m'en sers comme d'un atout précieux pour pouvoir jouer le joli cœur auprès de quelques jeunes filles qui veulent bien de moi malgré mon pseudo ridicule.
Ce sont mes parents qui ont commencé à utiliser les mois pour me prénommer.

Dès lors qu'un surnom est prononcé par la famille devant un ami, vous pouvez être sûrs que le lendemain tout le village est au courant et vous devenez la risée des villageois.

J'ai droit à : Juillet-Août tu viens ? Juillet-Août as-tu fait tes devoirs ?

Juillet-Août est déjà incompréhensible pour moi, voire inacceptable ne voilà-t-il pas que se rajoutent Septembre-Octobre.

J'ai beau me mettre en colère, rien n'y fait !
Plus la rage gronde en moi, plus les rires et les compassions fusent.
Je me suis donc résigné.
Je demande très régulièrement l'origine qui fait que mon prénom soit remplacé par le nom d'un mois. Bien entendu personne n'a envie de m'en donner l'explication, car me les donnant, je n'aurais plus été rigolo. Je suis l'ami favori du déclenchement du rire, du fou-rire.

De nature bon et complaisant, je me laisse faire, j'admets, j'accepte qu'on me nomme ainsi.

J'aurais aimé que la farce cessât à ces quatre mois, oh combien je priais pour que plus personne ne rajoute des mois à ceux que j'avais déjà, mais je suis poursuivi par la malchance ! Mes parents rajoutent Novembre.

Là j'ai eu envie de les traîner au tribunal pour faire valoir mes droits.

Je suis victime de discrimination, de railleries. J'ai un intérêt légitime pour porter plainte. Attaquer ses parents ne se fait pas.
Puis un jour en 1 ère, lors d'un cours de français où j'excelle, tout devient limpide,

Le professeur nous demande de faire un acrostiche avec le prénom de son voisin et vice versa.
J'ai donc crée un poème à partir du prénom de ma voisine :

Loin de toi
Une nuit
C'est le pire des sévices
Irrésistible tu es
Egoïste je suis de te vouloir à moi pour la vie.
LUCIE

Lucie lit à présent son acrostiche sur mon prénom, une véritable révélation...
Juillet
Août
Septembre
Octobre
Novembre
JASON

 Parents,

Je vous aime.

NON MAIS DES FOIS !

Dès que j'entends tinter mon grelot, je sais que c'est l'heure de ma promenade. Je me lève d'un bond, recoiffe le pelage en m'ébrouant, lisse mon museau avec mes pattes, lèche mon poitrail.
Voilà je suis prête ! Puis je me précipite vers la porte où « Elle » m'attend.
Je saute de joie, je virevolte autour d' « Elle », puis je fais des huit entre ses jambes au risque de la faire tomber.
« Elle » aussi joyeuse que moi, pose délicatement la main sur ma tête et me dit : « Allez ! Calme ta joie ! Oui ! Laisse toi faire, on y va ».
« Elle » c'est ma maîtresse, la personne que j'aime le plus au monde. « Elle » m'a adoptée en Bretagne où elle passait des vacances.
« Elle » me raconte les raisons de ma présence auprès d'elle :
- Un jour, alors qu'elle se sentait bien plus seule que d'habitude, – elle venait de divorcer, n'avait pas d'enfants – et voulant en finir avec cette solitude pesante, prend la décision d'avoir un animal de compagnie. Mais pas n'importe lequel ! « Elle » veut un mammifère, pas un chat, « elle ne se sent pas de vider sa caisse tous les jours, c'est dégoûtant de s'occuper des pipis et des crottes de chat » dit-elle, « un chat grimpe partout, n'obéit pas et perd beaucoup de poils !

Elle veut bien un animal, mais avec peu de contraintes.

« Elle a songé à un éléphant, mais sa maison n'est pas assez large ! Elle est folle » me dis-je, *« un éléphant dans une maison ça ne se peut pas »*.

« Elle a même pensé prendre une girafe, mais sa maison n'est pas assez haute! C'est une drôle de maîtresse de vouloir des animaux pareils et pourquoi pas un singe aussi tant qu'elle y est » ! Je suppose qu'elle me taquine. *Elle a même pensé à un hamster mais cette petite bête dort le jour et joue la nuit »*.

Nathalie, c'est son prénom, veut une bête à qui parler, avec qui jouer, un animal qu'elle peut emmener partout parce qu'il est obéissant et qu'il comprend le langage humain !

Elle opte pour un chien. Un chien perd modérément ses poils, ne grimpe pas partout, fait ses besoins dehors, obéit, comprend facilement le langage des hommes et affiche des émotions.

« J'ai toutes ces qualités ».

Elle avait déjà établi quelques critères comme la taille et le pelage. Puis elle a joué sur le coup de cœur.

J'étais là, dans ma cage de quatre mètres carrés, assise sur mon derrière, remuant la queue, espérant être retenue.

Quand elle s'est approchée de mon box grillagé, je me suis levée, me suis avancée vers la porte, l'ai regardée avec des yeux attendrissants.

La magie de la séduction a joué, ce fut un véritable coup de foudre ! Le vrai ! Le pur ! Nos regards se sont croisés et se sont scellés pour la vie.

Je l'ai entendue prononcer ces mots *« Je veux adopter cette petite chienne »* !

Mon cœur a explosé de joie ! Déjà un mois que je suis retenue ici contre mon gré, sans amour.
J'ai été retrouvée attachée à la clenche de la porte du chenil.
La porte métallique s'ouvre.
Je montre le bout de mon museau. Nathalie me prend dans ses bras.
Pour lui montrer toute ma joie, tout mon bonheur, je lui fais des bisous en léchant sa figure, ses mains. Elle me répond par des caresses et des mots doux :

- Oui, oui, tu es belle, tu viens avec moi, tu es drôlement affectueuse, je t'aime déjà.

Mon bonheur a commencé à cet instant précis. Un bonheur incommensurable.
J'ai une belle niche en bois verni dans le petit jardin et près de la cheminée un superbe et luxueux panier en osier avec un gros coussin sur lequel elle a brodé mon nom : « Bougnette ».
C'est un nom assez original pour un animal, je dois ce nom au fait que j'ai deux taches rousses au-dessus de chaque œil.
« Bougnette » en provençal signifie « tache ».
Je suis un teckel au pelage long et noir et quelques poils blancs à la pointe de ma queue, des yeux marron pétillants. Je ne possède pas de pedigree, mais je suis malgré tout très prisée par les chasseurs, je suis classée parmi « les chiens d'arrêt ».

Nathalie, en plus d'un numéro tatoué dans l'oreille, a fait poser par le vétérinaire une puce sous mon pelage.

C'est une belle preuve d'amour.

Dans la maison j'ai mon coin à moi, des joujoux m'entourent, mon préféré est un os en plastique qui joue un air musical quand je le mords.
Je nage en plein bonheur, mon adorable maîtresse est toujours à mes côtés.

Je suis présente près d'elle, même lors des repas. Je mange en même temps qu'elle assise sur mon derrière, je guette le moindre morceau.
Chaque repas est un véritable ballet qui se joue entre elle et moi.
Un morceau pour elle, un morceau pour moi.
Elle cuisine toujours une part en plus.

Puis un jour, après des années de complicité, elle m'annonce :

- Désormais, tu mangeras après moi, j'ai écouté une émission qui conseille à tous les propriétaires d'animaux de compagnie de maintenir une hiérarchie avec leur animal.

Je la regarde, interloquée, ne comprenant pas ce charabia. « Ca *veut dire quoi maintenir une hiérarchie* » ? Me dis-je.

Nous nous aimons. Quand on aime on partage, on est à égalité.

Nathalie m'explique les nouvelles règles :

- Dorénavant je mange la première, tu restes bien sagement dans ton panier, une fois mon repas terminé, c'est ton tour.
Je retourne dans mon panier, penaude, la regardant avec des yeux abattus et tristes, implorant en même temps une certaine clémence.

Elle soutient mon regard et me sourit :
- Ne t'en fais pas Bougnette, je t'aime toujours autant, mais les chercheurs ont raison, les animaux doivent rester à leur place.

« Je ne suis pas un animal ordinaire, je suis TA Bougnette, celle qui te tient compagnie depuis des années, celle qui essuie tes larmes quand tu pleures, celle qui te permet de te changer les idées quand tu as le cafard. Tu oublies tout cela ! C'est toi qui es venue me chercher, tu m'as utilisée à des fins personnelles, et en contrepartie je te voue un amour infini. Tu as oublié tout cela en trente minutes d'émission. Ces conseils sont absurdes ».

Je le pense si fort qu'elle le lit dans mes yeux et prise de remords, vient me caresser.
Elle me donne le dernier coup d'épée !

- Je vais suivre ces conseils ! Je les mets en place dès ce soir.

C'est elle le maître, j'obéis, je reste dans mon panier quand elle mange.

« Quelle tristesse ces repas pris à tour de rôle, c'est à mourir d'ennui ! Me dis-je en poussant un énorme soupir, le museau enfoui entre mes pattes. J'ai beau être un animal, je n'en suis pas moins intelligent ».

Je réfléchis à la situation. Une idée me vient à l'esprit. Je laisse la maîtresse de maison dresser la table, et quand elle part chercher son repas qui mijote sur le feu, d'un bond je saute sur la chaise, m'assois sur le coussin, pose mes deux pattes sur la table, tire la langue et attends.

Nathalie se retourne, surprise de me voir à sa place laisse tomber la marmite, et éclate de rire.

Mes yeux brillent de plaisir, mon corps frétille de joie. Nous renouons l'espace d'un instant notre complicité du début, sauf que là c'est moi « le chef ».

« Dorénavant, si tu veux manger Nathalie, il ne faudra plus hiérarchiser les relations, mais les niveler car entre toi et moi c'est une vie au même niveau ! Lui ai-je fait comprendre ».

Depuis nous avons repris nos anciennes habitudes. Nathalie reconnaît avoir souffert de nous avoir infligées ce diktat où l'humain est supérieur à l'animal.

PLATEAU REPAS

Brigitte est dans la cuisine préparant un plateau repas pour son mari Paulo et elle.

C'est leur moment favori de la journée : se retrouver tous les deux seuls, fraîchement douchés, en tenue décontractée devant le grand écran de télévision situé dans le salon.

Ils décident du programme ensemble. Quand il y a un désaccord, le film du soir est tiré à pile ou face. Cette soirée s'annonce amoureuse et détendue.

Paulo ne se soucie guère des messages reçus par sa femme sur son téléphone. Leur amour est basé sur une confiance réciproque. Mais en attendant l'arrivée du repas, il décide de faire le curieux.

Il s'empare du téléphone et découvre un SMS : « Merci pour ce délicieux moment. A refaire dès que tu es libre. »

Il reste scotché, bouche bée et ne sait plus quoi penser.

Il réfléchit très vite : quelle attitude adopter ? Faire comme si de rien n'était ou exploser?

Il doit prendre une décision en quelques secondes ! Il faut faire vite ! Brigitte arrive, il finit par prendre la décision la plus adaptée à la soirée : rester calme... il connaît bien Brigitte et les sentiments qu'elle lui porte ! Il a du mal à croire à l'infidélité de sa douce...

« Bien qu'ambigu, ce message n'est pas à prendre au pied de la lettre, je vais la laisser venir m'en parler » pense Paulo.

Brigitte dépose le plateau repas garni de victuailles alléchantes sur la table basse en verre du salon. Elle remplit les deux verres ballons d'un excellent cru bordelais.

Ils trinquent ! Les deux verres s'entrechoquent et un léger « Ding » retentit.

Yeux dans les yeux, ils portent la coupe aux lèvres.

Paulo ne finit pas le cérémonial.

Elle ne comprend pas, lance un regard interrogatif à son mari, qui ne peut plus contenir sa rancœur. - - -

Connais-tu un numéro de téléphone commençant par 06 63...finissant par 88 ? Lui demande- t-il de manière brutale.

- Oui ! Répond Brigitte

- Qu'as-tu fait ces dernières heures ? Insiste Paulo

- C'est le nouveau jeu à la mode dans la cours de ton lycée ? Reconnaître un numéro de téléphone et savoir ce qu'on a fait ces dernières heures de la journée ? Pourquoi ce ton si brutal ?

- Tu es amnésique ! Crie-t-il

- Que se passe-t-il ? Je ne t'ai jamais vu dans cet état ?

- C'est à toi de me le dire, insiste Paulo. Qu'évoquent pour toi ces groupes de mots : « Délicieux moment » « à refaire » ?

- Ce sont les moments que je passe avec celui que j'aime et qu'il faut continuer à les vivre ? répond-elle.

« Ou elle me prend pour un imbécile ou bien elle ne voit pas où je veux en venir ! » « Elle a un sacré aplomb » pense-t-il.

Paulo explose ! La jalousie prend le dessus !

Il hurle :

-   Qui est celui qui t'aime en ce moment et avec qui tu passes de délicieux moments ?

Brigitte est déstabilisée, perdue ! Ils sont mariés depuis deux ans et vivent un amour tendre et profond.

Ses yeux se remplissent de larmes ! Elle maintient le regard de son mari.

-   C'est toi que j'aime ! Dit-elle d'une voix douce et amoureuse tout en reniflant.

Paulo montre des signes d'agacement, de nervosité...il dirige son regard vers le téléphone portable de son épouse, Brigitte comprend qu'il a fouillé dans son téléphone.

Elle s'en empare, la page du SMS est restée ouverte. Elle le lit, puis se tourne vers Paulo, le fixe, lui montre le SMS, ne dit rien, s'approche de lui, lui donne une gifle magistrale.

Interloqué, il calme la douleur cuisante de la gifle avec la paume de la main.

Brigitte s'approche de lui et prononce d'un air calme : « Ce numéro est le tien, imbécile ! Il faut m'expliquer à qui était destiné ce SMS, manifestement il n'était pas pour moi contrairement à ce que je pensais, vu ton état de rage ! Je te conseille à l'avenir de créer un répertoire téléphonique ainsi la prochaine fois tu ne te tromperas pas de destinataire. Un autre conseil aussi « mémorise ton numéro » parce que moi je retiens le tien sans avoir besoin de l'enregistrer. Sur ce, bonne nuit !

Paulo vient de comprendre sa méprise...rouge de honte, il s'endort sur le canapé.

RONDE ET PLATE

Par un dimanche ensoleillé, je me promène dans l'immense verger familial qui s'étend à perte de vue et qui domine la plaine du Var.
Lorsqu'il n'y a pas de brume, je peux apercevoir la mer au loin qui se fond avec l'horizon.
Je porte une capeline en tissu amidonné de couleur jaune clair avec un large ruban bleu roi situé à l'arrière.
Les pans de ma robe en coton fin virevoltent au gré du vent qui rafraîchit l'ambiance suffocante d'un été très chaud.
Je flâne entre les arbres qui dégagent des parfums sucrés et l'odeur de l'herbe fraîchement coupée à certains endroits chatouille mes narines.
Je m'enfonce dans le verger, trouve un bel endroit herbeux bien douillet, m'allonge à l'ombre des branches et m'endors.
Je pousse quelques petits soupirs de relâchement.

Quelques heures plus tard…

- Honorine, Honorine, oh ! Oh ! Il faut te réveiller !

J'ouvre un œil, puis deux. Mon grand-père est là devant moi !

Je me lève, ôte les herbes sèches de mes cheveux, défroisse et dépoussière ma robe à grands coups de revers de mains, puis remets ma capeline.

- Voilà je suis prête Papy !
- Alors, allons-y ! Tu es attendue pour le dîner !
- Oh Papy, tu sais, j'ai fait un beau rêve !
- Ah oui, tu me le raconteras en chemin…

Un peu plus loin sur le chemin…

Mon rêve, Papy, a commencé par ce dialogue que j'entendais, sans apercevoir les personnages :

- Je suis plate et je peux dire que je suis beaucoup appréciée ! Prononçait une voix douce.
- Mais qu'est-ce que tu racontes ? Tu plaisantes j'espère, répondit la voix plus grave. Tu crois que mes rondeurs déplaisent ?
- Ce n'est pas ce que j'ai dit, rétorqua la voix fluette. Je dis simplement que le côté plat de ma physionomie intéresse les gens !

J'explique à ce moment-là à Papy que je n'ai pas bougé pour ne pas être démasquée car je ne voulais rater pour rien au monde la moindre bribe de cette conversation.

La voix au ton plus profond répond sèchement : « Mes rondeurs attirent l'œil, les personnes aiment ma peau lisse ! Et toi ta peau on l'aime ? »

- Drôle de question ! Rebondit la voix fine. Bien sûr que oui ! Même si parfois, elle est mal hydratée, on aime me toucher.

- Sauf que la mienne n'a pas besoin d'être hydratée, elle est veloutée de naissance un peu de soleil et hop ma peau se pare de son aspect le plus luisant ! répond la voix au ton plus imposant.
- De naissance ? Tu ne te la joues pas un peu, Mademoiselle la Princesse au petit pois ? Mes formes longilignes attirent le regard !

Je me revois, Papy être de plus en plus accaparée par ces échanges qui s'apprêtent à s'enflammer.

- Mes rondeurs pulpeuses donnent envie aux gens de me toucher, de me prendre dans la main et ...

Agacée l'autre personnage lui coupe la parole.

- Je sens poindre comme un soupçon de jalousie entre elles ! précise Honorine
- Cesse donc d'être aussi prétentieuse ! Moi aussi que crois-tu ? Malgré ma forme aplatie, on aime aussi me saisir ! Non mais ! Poursuit l'autre.
- On dirait que tu es jalouse ! Mon côté bouboule donne envie de me croquer. Souvent on me convie pour prendre la pose dans des ateliers de peinture. Les plus grands artistes m'ont dessinée sous différents angles et selon l'orientation des rais du soleil je me pare de mille reflets.

- Ouh ! Là ! Là ! Tu commences à m'énerver avec ton côté hautain. L'époque des rondes est finie. Les plates sont sublimées par leur poids léger ! On peut les emmener partout !

- Tu es de plus en plus agressive ! On ne va pas se fâcher à cause de nos formes différentes. Tu es mince, je suis rondelette.
- Rondelette, rondelette, c'est vite dit, je trouve que le mot est faible !

- Tu ne peux pas t'empêcher de maugréer, d'ironiser explose la voix grave. Peux-tu penser un seul instant que les gens peuvent avoir des goûts différents !

J'explique à Papy combien je me délectais et que je me suis même entendue rire !
Elles reprennent de plus belle !

- Si bien sûr que si ! Je peux imaginer ! Mais je reste persuadée que les gens préfèrent quand même les plates aux rondes !

- Écoute, tant mieux pour toi, mais dis-toi simplement qu'avant ton arrivée sur les marchés, nous les pêches rondes avions un franc succès, succès qui perdure car toi tu es juste plate et blanche avec une peau pelucheuse alors que nous, les pêches rondes sommes déclinées sous tous les aspects : nous pouvons avoir une peau lisse, comme une peau de velours, nous avons des goûts différents, tantôt très juteuses parce que nous sommes des pêches jaunes, tantôt très sucrées car nous sommes des pêches blanches. Nos cousines les plus proches sont les nectarines, plus grosses et plus rondes que nous, au goût tout aussi suave que nous. Les gens se battent pour nous mettre en sirop ou pour garnir des glaces. Nous avons d'ailleurs une glace qui porte notre nom, la « Pêche Melba ».

Au fait tu disais quoi au sujet du succès des pêches plates ?

La pêche plate s'est murée dans un silence et tourne sur elle-même pour prendre le soleil afin d'être elle aussi aimée pour son goût et non pour sa forme.

- C'est rigolo comme rêve, hein Papy ?
- C'est le moins qu'on puisse dire ! ça tombe bien, ta grand-mère a fait une tarte aux pêches.
- Des pêches plates… ou rondes… Papy !!

Papy et moi éclatons de rire !

SOMMAIRE

- Mon prénom   Page   7

- Non mais des fois   Page 11

- Plateau repas   Page 17

- Ronde et plate   Page 23

DU MEME AUTEURE

Sentiments Intemporels
Premières nouvelles
Janvier 2018

Les Voyages
En quelques nouvelles
Janvier 2018